7 spande

Flyvehavre

Diverse skriv

Af

Henrik Neergaard

Flyvehavre Nr. 7

Forlag: BoD – Books on Demand, Hellerup, Danmark

Tryk: BoD – Books on Demand, Norderstedt, Tyskland

ISBN: 9788743058311

Hun var i dårligt humør.

Det havde hun været mange gange i løbet af denne vinter. Det var koldt og blæsende. Vintervejret blev ved. Hver gang det var blevet lidt mildere, blev det hurtigt koldt og vintervejr igen. hun var efterhånden godt og grundigt sur over, at vinteren trak så længe ud. Hun havde ikke råd til at tage sydpå, selv ikke på en afbudsrejse. Hun var nødt til at spinke og spare. I virkeligheden var det det, der irriterede hende allermest. Meget mere end vejret. Hun trængte virkelig til en lilleferie sydpå til sol og varme og azurblåt hav. Og måske en sød fyr at være sammen med. Men hun allerede brugt for mange penge siden jul. Det var noget, hun virkelig hadede, det der med nogle uforudsete udgifter, som hun blev nødt til at betale, selv om hun ikke syntes, at hun havde fået ret meget for pengene.

Hun havde prøvet at spille lidt op til et par af de fyre, hun kendte. Kun en ad gangen. Havde budt sig til som rejseledsager og parat til det meste, bare han betalte for rejse og hotel og det, de skulle spise og drikke og hvad der nu ellers var af udgifter på sådan en ferie. Hun havde virkelig gjort sig umage med det. da først den ene, så den anden og til sidst også den tredje havde afslået hendes tilbud, følte hun sig virkelig vraget.

Hun kendte ikke nogen, hun kunne låne penge af. Hun havde forsøgt med både onkel John, der altid var sur og aldrig ville være med til noget som helst, så det kom ikke som den store overraskelse. Men han var den eneste i familien, der havde lidt penge. Men han var virkelig en gnier, en rigtig fedtsyl. Så havde hun spurgt sin mor, men hun havde lige så få penge som hende selv. Alligevel havde hun af og til lånt hende nogle småbeløb, som hun endnu ikke havde betalt tilbage.

Men for tiden kæmpede hendes mor med en stor tandlægeregning, så nu kunne det slet ikke lade sig gøre. Det vidste hun jo egentlig godt, det med tandlægeregningen, for moren havde været gennem et temmelig langt forløb hos tandlægen, og de havde tit talt om de problemer, moren havde med det. Alligevel havde hun spurgt, men denne gang var der ikke noget at gøre. Hum havde jo også nok på fornemmelsen, at hendes mor var begyndt at blive lidt irriteret over, at hun her i de senere år var kommet oftere og oftere og bedt om ikke hun kunne låne bare et par tusind, men ikke havde betalt noget af det tilbage. Moren sad jo selv hårdt i det, men hun var trods alt folkepensionist og så brugte man vel ikke så mange penge, fordi man levede stille og roligt og ikke foretog sig ret meget. Men det sagde hun naturligvis ikke til sin mor.

Hun havde tit svært ved at affinde sig med, at det hele var, som det var. Hun syntes, hun havde fortjent noget bedre. Hun havde flere gange været temmelig uheldig med tilværelsen, både med mænd og med arbejde. Og også med andre ting, selvfølgelig, men først og fremmest de to.

NIRVANA

Der findes mennesker, der efterstræber Nirvana med samme intense begær som andre, der går efter det største fladskærms-TV eller den mest tjekkede 4-hjulstrækker eller arbejder i årevis på at blive tatoveret over hele kroppen, eller som går op i at vide alt om dagsommerfugle i Paraguay. Vi er så vant til at sætte os et mål og lægge en omhyggelig plan for, hvordan vi når derhen. Men Nirvana er ikke noget mål. Nirvana er ikke nogen facitliste. Der findes ingen veje dertil. Men undertiden er der alligevel nogen, der lander der, kastet ned med faldskærm, så at sige. Sådan lød indledningen til turistbrochuren om

Nirvana, som han stod med i hånden og studerede intenst. Det lød rigtig spændende, det her. Ikke et af de sædvanlige trivielle feriesteder, som han efterhånden havde været på så mange af. Det her var der virkelig klasse over. Til gengæld var det vist temmelig dyrt, selv om han ikke lige kunne finde prisen nogen steder. Det var da egentlig underligt, tænkte han, for var der ikke en eller anden forbrugerlov, om at alle varer skulle være prismærket, eller i hvert fald mærket med en stregkode. Det måtte da også gælde for turistrejser, syntes han. men prisen var måske så høj, at de fandt det bedst ikke at nævne den. Sådan var det nogle gange med de virkelig eksklusive mærkevarer. Det var ikke rigtig cool at nævne prisen i de dyre mærkevareannoncer.

Det forår der var nyt

Vi gik ad de slyngede stier

Under tjørneblomster

En lang allé af små tjørnetræer

Hvor de hvide blomster

Lukkede sig over vores hoveder

Som en lang tunnel

Af lysende hvide blomster

Tværs gennem landskabet

SERIEL
M
O
N
O
G
A
M
I

I disse dage, hvor månen er næsten fuld og sneen ligger over landet og byen og alle de forfaldne skure, så hersker der andre vilkår, som ingen af os har bestemt. Så stamper jeg omhyggeligt sneen af skoene, inden jeg finder vejen hen til dit gamle, spindelvævsdækkede kældervindue, hvor du vistnok

Inde i skyggerne skimter man resterne af noget, som ingen længere ved, hvad er. og de fleste foretrækker ikke at vide det. Eller også er de ligeglade, så de ikke gider gøre noget for at finde ud af det. En af de eneste, der bliver forarget over al denne ligegladhed, er nok Lisa. Hun er i hvert fald den eneste af dem, jeg kender, der siger det højt. Men hun er nu også altid så åbenmundet, så det halve kunne være nok - siger i hvert fald hendes lovformelige ægtemand, der hedder Peter, og som hun har været gift med i mindst ti år og stadig er det til trods for utallige elskere, der for det meste både var yngre og så bedre ud. Men det kan der jo være mange forklaringer på, som hendes bror Jørgen næsten altid siger om alt muligt, men derfor kan det jo godt være rigtigt i det her tilfælde.

Det var der sådan set også mange andre, der mente, især dem, der var lidt skeptiske over for Lisa. For ikke at sige direkte kritiske eller misundelige. For det var der faktisk flere der var, hvad enten det nu skyldtes hendes fænomenale evner til at score de flotteste fyre og de bedste elskere, eller andre ting, såsom hendes fantastiske udseende (hun lignede næsten en filmstjerne) eller hendes helt enestående charme, som næsten altid kunne få mændene til at gøre som hun ville. Og kun når hun ville.

Også det var der heller ikke ret mange, der ville indrømme over for andre end sig selv, og måske knap nok det. Men sådan var det med mange ting dengang, da næsten alle levede inde i skyggerne. Og de fleste endda havde vænnet sig så meget til det, at de ikke kunne forestille sig andet, og mange endda fremhævede livet i skyggerne som det gode, det rigtige og det rosværdige, som udgjorde kernen i det, som ordentlige, anstændige og respektable menneskers tilværelse var bygget op omkring.

(SERIEL MONOGAMI)

Andet forsøg

I disse dage og nætter, hvor månen er skjult som katten i sækken, og sneen ligger over landet, både er og var han i trist og tungt humør, nedtrykt, uden nogen gode vitser, kunne ikke se det sjove, uden lyst til fest og farver og muntert lag. Han sad blot der og rugede, mørk og uden morskab, sur og bitter, sort i sindet. Og derfor var han ædru, endda lige op til jul,

hun har sagt så tit, at han drikker alt for meget, hun kan ikke lide ham, når han er så fuld og dum, men hvad skal han ellers, han ved det ikke, her midt i julens glade fester er han blevet from som et lam, hvad nu hvis hun dropper ham, hvis hun ikke gider ham længere. Han har jo prøvet det før, men hver gang bliver det værre og han ved godt, at hun tager det mere tungt end hun før har gjort, og at skaden den bliver svær at reparere.

REGN.

Gaderne der er våde af regn. Regnen der strinter ned over huse og veje og haver og fortove i hele byen, som en hund, der afpisser sit territorium. Sådan tænker jeg med min snavsede tænkemåde. Det er et hundevejr, der trænger ind overalt.

Det virker som om det har regnet i dagevis. I dag har det foreløbig regnet i timevis. Lige fra tidligt i morges har det regnet. Hele dagen har det regnet. Der er vådt overalt. Kældre er oversvømmet, viadukter står under vand. Selv kloakkerne er ved at give op. Og stadigvæk vælter regnen ned. Hele dette forår har det regnet. Der har kun været ganske få dage, hvor det har været tørvejr. Men jeg er nødt til at gå på gaden, i dag som på alle andre dage.

Jeg skyder genvej, drejer ned ad en sidegade. Jeg er kommet ind i det gamle arbejderkvarter. Slumkvarter, blev det kaldt engang, inden det blev renoveret en smule, og blev halvvejs trendy i nogle år, inden det igen blev lavstatus at bo der. Temmelig slidte huse ud med gaden, nødtørftigt sat i stand. Med forfaldne og rodede baggårde. Men der er porte at gå ind ad og skure at gemme sig bagved, hvis man ikke vil være alt for synlig. Eller søge mere eller mindre ly for regnen og de værste af dagligdagens genvordigheder. Et øjebliks nydelse.

Men nu er jeg på vej gennem en hel lille labyrint af små sidegader. De er så våde af regnen. Som om de ligefrem suger den til sig. Husene. Asfalten. Fliserne. Og bilerne med. Cyklerne, der står henslængt op ad husenes mure, skamløst ulydige mod de små skilte om at cykler ikke må henstilles. Næsten som en straf er sadlerne blevet så våde og svampede af al den regn, de har suget til sig, så folk bliver hjælpeløst våde på røven og mellem benene, bare de sætter sig op på og cykler en smule.

Sådan har det været hele det her forår. Der er ikke ret mennesker på gaden. Kun dem, der driver indendørs forretning, har en smule gang i omsætningen. Dem, man møder, haster forbi uden at værdige en et blik, næsten uanset hvad. Sådan har det været længe. Det er frustrerende. Jeg er ikke selv særlig våd. Ikke spor faktisk. Jeg er godt pakket ind i en solid regnfrakke, regnhat og lange støvler. Det er nødvendigt, hvis man skal på gaden i det her vejr.

Så på et eller andet tidspunkt – eller faktisk mange tidspunkter – i dette regnfulde forår kommer jeg gående hen ad gaden, en tilfældig gade i byen. Lad os sige, det er en af de store, brede gader, jeg kender så godt, forbi jeg tit har travet dem tynde, en stor, trafikeret gade, og så drejer jeg ned ad en sidegade, en lille smal sidegade, et helt kvarter af sidegader, for at komme frem til et sted med lidt større muligheder.

En lidt eftertænksom tur gennem de små, næsten øde gader. Grå eller grålige huse, bygget af snavsede gule mursten, fordi det var de billigste, med små nedlagte butikker i kælderen. Der er næsten ingen mennesker nogen steder. Folk har søgt ly for den tætte regn. Eller også er de taget af sted på arbejde. Og pensionisterne sidder oppe i deres lejligheder hele dagen og ser tv eller løser krydsord, mens de gemmer sig for regnen og andre udendørs besværligheder og går kun ud, hvis det er meget nødvendigt. Hvis de da overhovedet kan få gangstativet ned ad trappen uden hjælp fra kommunen, der har skåret hjemmehjælpen ind til benet for at råd til letbaner, p-pladser og skattelettelser.

Der er huller i asfalten, skæve kantsten, knækkede fortovsfliser og store vandpytter overalt. Men jeg har såmænd ikke noget imod at gå i regnen. Bare jeg er klædt på til det. Men det har jeg efterhånden fået en vis øvelse i. Det har jeg været nødt til. Kun gummistøvler dur i sådan et vejr. Man er nødt til at pakke sig ind, så man ikke ligefrem viser sig fra sin bedste side. Men sådan er det. Man er nødt til at vænne sig til det. Alting går lidt langsommere og mere sløvt. Man må være tålmodig. Sætte tempoet ned. Og forventningerne. Nøjes med mindre end ellers. Være glad for lidt.

Men ellers har jeg ikke noget imod at gå i regnen, hele dagen, hvis det skal være –

og det er man som regel nødt til på sådan nogle dage. Det varer lidt, før man vænner sig til det. Og får droslet stemningen og det hele ned i et lidt lavere gear. Men så kan jeg godt blive lidt betaget af den lette melankoli i dette regnvejr i den regnfyldte bys gader. Jeg kan gå og blive helt eftertænksom og filosofisk. Ikke fordi jeg tror det fører til noget. Man bliver bare lige så stille selv en del af regnvejrsstemningen, en del af de mørkegrå dage og den silende regn. Man tilpasser sig. Sådan er det at gå og vente på foråret.

Martin fortsætter sit foredrag om selvkørende biler

(Og trafikstyring)

Nu tog Martin ordet og drejede det i en lidt anden retning. Slut med selv at styre sit eget køretøj, sagde han. Slut med selv at bestemme, hvad vej man vil køre. Det var vist et af hans yndlingsforedrag. Vi hørte tålmodigt efter.

Når først de har fået gennemtvunget det der, og der kun er selvkørende biler, så bliver det næste nok, at hele trafikken også skal styres ovenfra, fra en central trafikplanlægningscentral eller sådan noget. Det er jo der, den virkelige effektivisering ligger. Hvis man styrer hele trafikken, f.eks. i København, fra centralt hold, så kan man udnytte vejnettets kapacitet meget bedre.

Man kan f.eks. undgå lange bilkøer i myldretiden. Måske ved at sende nogle af bilerne ad en lidt anden rute, eller ved at give førsteprioritet i myldretiden til dem, der er på vej til arbejde, eller skal hjem fra arbejde. Og så beslutte, at hvis en pensionist skal hen for at købe ind, så må det blive enten før eller efter myldretiden. Ligesom der i dag er spærretid på pensionistkort til busser og S-tog.

Så der vil sikkert komme en overordnet styring af trafikstrømmene. Det kan jo bruges til mange ting. For eksempel også til at undgå trafikpropper, hvis en masse mennesker skal hen til en fodboldkamp eller en koncert eller et andet stort arrangement. Eller måske en demonstration, som myndighederne ikke bryder sig så meget om, fordi de måske frygter, at den vil give en masse ballade.

Det kan jo bruges til mange nyttige ting, sagde han. For eksempel også, hvis det nu er en kendt forbryder, en tyveknægt eller noget meget værre, der stiger ind i en selvkørende bil, så kan politiet overvåge, hvor han kører hen, og hvis de har mistanke om, at han er på vej til at lave noget kriminelt, så kan de gribe ind og styre bilen et andet sted hen, end der hvor han selv har bestilt en tur til. De kan f. eks. styre bilen hen til den nærmeste politistation. Det kan jo ligefrem bruges til afværge terroraktioner med, for eksempel.

Men nu havde Martin fået nok af alt det positive, som Kenny havde sagt om det.

Så må man også bare håbe, sagde han, at de laver de der selvkørende biler, så de er umulige at hacke. Ellers kan det da blive det rene kaos. Kan du ikke forestille dig, hvordan nogle unge rødder hacker hver deres selvkørende bil med nogle intetanende passagerer i, og så giver sig til at køre ræs med dem, fordi de har hacket de trådløse forbindelser til dem og derfor kan styre dem rundt, fuldstændig som de vil. Eller hvad med risikoen for cyberangreb. Hvor et fjendtligt land hacker alle de selvkørende biler i en storby og sætter trafikken fuldstændigt i stå. Og kan de overhovedet sikres helt mod at blive hacket? Kan det overhovedet lade sig gøre rent teknisk?

Selvkørende motorcykler

Så var det Pauls tur. Men det var noget lidt andet, han havde på hjerte. En lidt anden vinkel på det. Det er fordi han har en bror, der hedder Raymond, som er ret vild med at køre på motorcykel. Og hvis alle bilerne nu skal være selvkørende, hvad så med motorcyklerne?

Skal de så også være selvkørende, spurgte han. Så bliver der da ikke ret meget ved at køre på motorcykel længere, tilføjede han. Men han var lidt bekymret for, at det nok alligevel er sådan, det går. Så det er de der teknokrater og planlæggere, der i virkeligheden bestemmer. Sådan plejer det jo at gå, sagde han med en lidt dyster mine. Vi andre gav ham ret. Måske vil de helt afskaffe motorcykler? Og hvad med knallerter? Bliver de selvkørende biler den eneste tilladte transportform, lige bortset fra, hvis man går eller cykler?

Efter et par pizzaer og lidt andet at spise og et par øl til og en kop kaffe med lidt mere løs snak omkring, så tog vi os sammen og fortsatte med det seriøse.

Det var stadig de der selvkørende biler, som vi åbenbart ikke var blevet færdige med. For det er jo også noget med, at det skal være elbiler.

Hans kritikpunkt var alle de kemikalier, der er i elbilernes batterier, og de problemer, det kan give, når de engang skal skrottes. Og også det med, at nogle af de kemikalier, der skal bruges i batterierne, bliver gravet op af jorden i nogle fattige lande af underkuede arbejdere under slavelignende vilkår.

Det lød jo ikke særlig godt, men vi undrede os alligevel over, hvorfor han var så kritisk over for elbiler, når alle eksperterne og alle andre ellers betragter dem som det helt store. Var det, fordi han havde noget andet i baghånden? Ja, det var det. Det mente han i hvert fald selv. Typisk Martin.

TRYKLUFT-BILER

Hans kæphest viste sig at være biler, der kører på trykluft. Trykluft? Spurgte vi undrende. Ja, trykluft, sagde han. Biler, hvor stemplerne i motoren drives af trykluft, og ikke af benzin eller diesel. Vi bad ham forklare nærmere.

Ja, det er faktisk meget enkelt, begyndte han. En almindelig bilmotor kan ret nemt omstilles til at køre på trykluft i stedet for. Det forurener ikke. Det er jo bare almindelig luft, der kommer ud af udstødningen. Og det er nemt og hurtigt at tanke trykluft. Ligesom med benzin eller diesel. Meget hurtigere end at skulle oplade en elbil.

Det syntes jeg godt nok ikke, jeg havde hørt om før. Men jo, det er rigtigt nok. Der findes faktisk et firma i Frankrig, der har bygget

en prototype til en bil, der er beregnet til at køre på trykluft. I øvrigt er princippet slet ikke nyt, forklarede han. I gamle dage var der nogle små både, man kunne sejle rundt i på søen inde i Tivoli. Det blev drevet af en motor, der kørte på trykluft. Det var vist Ellehammer, der havde konstrueret dem. Men der er vist ikke rigtig nogen, der tror på biler, der drives af trykluft. Ellers havde vi nok hørt om det. Men det er da bare, fordi der skal produktudvikles noget mere på dem, sagde Kenny. Ja, ja, det argument kan man jo altid bruge.

(Uddrag fra romanen "NATVILJE")

Hjem fra

PIZZABAREN

Hun havde siddet på den der skide pizzabar for længe. Hun var blevet siddende alt for længe. Længe efter at hun burde have været færdig med at spise den der klamme og virkelig dårligt lavede pizza, de havde tilladt sig at servere for hende. Den sidste tredjedel af den stod stadig uspist på bordet foran hende.

Til gengæld havde hun nået at kværne 5 dåseøl siden pizzaen, og hun havde endda ikke engang haft travlt. Hun var hverken hektisk, nervøs eller overgearet. Det var hun nogle gange, men ikke nu. Ikke i dag. I dag havde hun bare siddet her helt rolig og afslappet, uden at lade sig mærke med noget. Det var hun blevet dygtig til efterhånden. Nej, ikke dygtig. Ikke det. hun var bare blevet god til det. Bedre end dengang. Meget bedre.

Hun hadede ordet dygtig. Det osede langt væk af flinkeskole. Af lektielæsning og flidspræmier. Af hendes forkælede bror, der altid var blevet rost, fordi han "var så dygtig til alting". Hun kunne stadig høre det blive sagt med faster Sofies affekterede stemme. Hun måtte beherske sig for ikke at række tunge, bare ved tanken om hende.

Hun overvejede et øjeblik, om hun skulle have en øl til. Det skulle da så være til at tage med, for hun måtte hellere snart begynde på hjemturen, så hun kunne nå at få sovet ordentligt, inden alt det, hun skulle i morgen. Undertiden kunne hjemvejen godt være drilsk.

Hun gik hen til disken, fik endelig påkaldt sig opmærksomhed, købte en øl til, stoppede den ned i sin taske, mens manden så på det, betalte, og gik.

Lige først var det forfriskende at komme ud i den kølige midnatsluft. Der havde været indelukket og beklumret på det der nedslidte pizzasted. Og hørmet af friture-os. Hun forstod ikke selv, hvorfor hun blev ved med at komme der. det var nok mest på grund af nogle gamle minder. Og så fordi - - - - - nå, det kunne være lige meget.

Nu gjaldt det om at finde vejen hjem. Den rigtige vej. Den lige vej hjem, uden nogen svinkeærinder. Som hendes mor havde sagt, allerede da hun var en lille pige, der stadig gik i skole: "Husk nu, at du altid skal gå lige hjem fra skole. Vil du love mig det? Ellers bliver jeg så nervøs for dig."

Men det var dengang, far stadig fandtes der i byen, da mor først havde udskiftet ham med Kevin og de to næste, gik hun ikke så højt op i den slags. Hun havde fået andre ting at tænke på. Også noget, der var værre end sprutten og alle Kevins og de andres venner. Dengang far var der, havde han trods alt kun taget hende med i klubben en gang om ugen, og det var så det. Men i Kevins tidsalder var alting anderledes. Og i de to næste tidsaldre blev det bare værre.

Det første stykke vej hjem var nemt nok. En lang smal sti gennem det visnede gule græs. Det var bare en lille smal jordsti, der var trådt i græsset. Det kunne næsten have været en dyreveksel. Den tanke kunne hun godt lide. Men det var det ikke. Den var ikke trådt af smukke og godmodige dyr, men af liderlige mænd på jagt efter nogen eller noget, de kunne udnytte, om ikke andet så til nogle få minutters fornøjelse. Eller til at tjene nogle hurtige penge på.

Længere fremme delte stien sig i to. Den til venstre førte tværs over marken og i en lige linje ned til den værste ende af hovedgaden. Der, hvor de tre natklubber og de fem andre værtshuse med natbevilling lå. Og ludernes hotel og trækkerdrengenes pakhuskælder, der var så nedslidt, at den var forladt af alle andre. Og tatoshoppen, hvor man fik lavet den første tatovering til halv pris, hvis man samtidig sagde ja til at blive tatoveret med en reklame for en særlig slags krydret gin-likør, der sagdes at øge potensen, og lod tatovøren bestemme, hvor på kroppen den skulle laves. Hun havde kun hørt om to piger, der havde fået den lavet, og de havde vist begge to fortrudt det lige siden. Men den var vist ret populær blandt nogle af de unge mænd.

Stien til venstre var altså en genvej til alt dette og mere til. En afvej, man skulle undgå for enhver pris, som præsten sagde hver søndag, når han holdt sin ugentlige prædiken i den lille kirke, der ved skæbnens ironi lå i den selvsamme bydel, faktisk midt mellem trækkerdrengenes kælder og den værste af natklubberne. Hvis man ville undgå at tage den syndige afvejs smalle sti til kirken, hvis man da ellers havde planer om det, så var man nødt til at gå ad landevejen, der førte rundt i en stor bue og var cirka dobbelt så lang. Og på landevejen var der biler, der kom susende og ikke altid tog særlig meget til de gående eller dem på cykel eller knallert. Og fremfor alt var der ikke en lang allé af små hvidtjørnetræer, der kunne lede romantiske sjæle på afveje hvert forår, når de blomstrede smukt som i en drøm.

Men den vej gik hun ikke nu. Hun valgte den højre gren af stien. Den gik en bue bagom den lille klynge huse, krydsede landevejen og fortsatte gennem et miskmask af gamle forfaldne skure og små pakhuse, autoophuggere, skrothandlere, kæmpemæssige stabler af kasserede bildæk og ikke mindst de utallige små værkstedsskure, der lå spredt mellem alt det andet og hvoraf hver anden var omdannet til bitte små smugkroer, hvor der ofte kun var et eller to borde højst 10 eller 12 stole. Her kunne man købe alle mulige eksotiske nydelsesmidler – et langt større sortiment end på de fleste andre værtshuse. De fleste af stederne havde specialiseret sig inden for et bestemt område, så man skulle vide, hvad man kom efter, hvis det var andet end almindeligt øl eller sprut. Ellers måtte man bare prøve et af de andre steder.

Det var her, man nemt kunne blive fristet til ikke at gå den lige vej hjem. Ikke alene var sprutten stærk og billig, men der var altid godt med dårligt selskab i topklasse. Og man kunne jo købe mange

andre sjove ting, som det kunne være svært at få fat på andre steder. Også andet end det til at få en eller anden rus af. Det fl
ød med hælervarer af næsten enhver slags. Og hvis de ikke lige havde det, man ønskede, kunne det som regel skaffes i løbet af få dage. Men i øvrigt var de ret forskellige og havde hver sine fans og sit stampublikum, og så havde hun også flere af stederne nogle rigtig gode bekendte af forskellige køn, der altid var parate til en mere eller mindre intens hyggesludder, og tit også meget mere end det. Det afhang selvfølgelig meget af ens humør, hvad man lige havde lyst til den dag, men så gik man jo bare videre til et af de andre steder. Det skiftede også lidt, hvilket af de forskellige køn, hun havde mest lyst til.

Men nu var hun på vej hjem. Det mindede hun hele tiden sig selv om. Det var hun altså simpelthen nødt til, uanset om hun havde lyst til eller ej. Hun var nødt til at komme tidligt op i morgen. Denne gang skulle det gennemføres. Der var ingen vej udenom.

Længere henne kom hun forbi racerbanen, der var lige så simpelt lavet som det meste andet. Det var her, de undertiden kørte ræs med ombyggede rendegravere. Længere henne lå fredagshusene.

Der havde hun aldrig været. Det var der mange af mændene gik hen på et eller andet tidspunkt fredag aften eller natten til lørdag. Det var kun der, de holdt åbent. Det var ligesom smugkroerne gamle ombyggede værksteder og skure, og hvis smugkroerne var en miniudgave af rigtige værtshuse, så var fredagshusene en miniudgave af rigtige bordeller.

Da hun havde krydset og var gået et stykke videre ad stien, kom hun til det gamle kalkbrud. Der var der i gamle dage blevet brudt kalk i rå mængder. Sikkert flere hundredetusind tons. Det havde efterladt nogle store ar i landskabet. Her gik stien på nordsiden af kalkbruddet, nogle få meter inde fra en kløft ned til bunden af kalkbruddet. Et sted længere henne var der en lang og smal, men ret dyb sprække på kun måske ti meters bredde ned i kalken, som om man først var begyndt at grave kalk her, men så opgivet det igen, fordi kalken måske var bedre andre steder. Eller var det en sprække, der havde været der fra naturens side? Det kunne det faktisk godt ligne. Ligesom det der sted i Afrika, Kenya var det vist, der blev kaldt Rift Valley. Den lange smalle kløft var mindst en kilometer lang, måske mere. Den blev ofte kaldt Kvindernes Dal.

Der gik mange rygter om det sted. Nogle sagde, at det var et af de alleræeldste kalkbrud, der måske var blevet hakket møjsommeligt ud med håndkraft helt tilbage i bronzealderen. Men der var meget mere vilde historier om det. Når det blev kaldt Kvindernes Dal, var det fordi man mente, at det nærmest var belagt med en slags tabu for alle andre end kvinder at færdes der. En ældgammel trolddom, der gjorde, at det var bedst for alle andre at holde sig væk.

Der var noget der lignede små huler i kalkvæggene mange steder. Det sagde at være indgangen til nogle lidt større huler, der engang i fortiden, måske helt tilbage i oldtiden, var blevet udhugget i kalken. Der gik nogle historier om, at de i flere hundrede år, helt tilbage fra middelalderen, havde været beboet af bortløbne kvinder, som det blev sagt. Kvinder, der var blevet jaget væk af deres mænd, fordi de ikke ville finde sig i den måde, de blev behandlet på, og tjenestepiger, der var blevet jaget af pladsen, fordi husbonden ikke kunne få sin vilje med dem.

Eller hjemløse kvinder, der havde flakket om på landevejen og ledt efter et sted, de kunne være. Her havde så levet i et fællesskab med andre kvinder, og havde hjulpet hinanden, her på dette dengang øde sted uden for lands lov og ret. Det var lykkedes at skabe en myte om den trolddom, der hvilede over stedet, så selv øvrighedens mænd ikke turde at nærme sig stedet.

Duften af diesel
I den lune sommernat
Dækkene synger

Han kørte den lille osende totakter helt ud i gearene, skiftede så under stort spektakel og trådte speederen i bund. Ja, han kørte den sgu nærmest, som om han troede den lille Trabant var en sportsvogn. Eller måske forsøgte han bare at følge med de andre biler på den gamle motorvej med de slidte og revnede betonstøbte vejbaner. Den slags kunne han nemlig godt finde på.

Curdts muntre aften

Marina havde sat sig ud i solskinnet, der pludselig var kommet igen efter flere dage med gråt og trist vejr. Det var stadig tidligt på sommeren. Hun havde taget en kop kaffe med ud. Og avisen. Hun bladrede lidt i den. Hun følte sig ikke særlig energisk. Måske skulle det bare være en dovendag, hvor hun nød at slappe lidt af.

Hun var nået til de bageste sider i avisen. Den store kryds-og-tværs. Hvorfor ikke bare bruge formiddagen på at sidde her i solskinnet og løse krydsord. Men så opdagede hun, at hun havde glemt at tage en blyant med ud. Det skulle hun jo bruge til kryds-og-tværsen. Men nu sad hun lige så godt. Hun havde ikke lyst til at rejse sig og gå ind for at hente den. Ikke lige nu i hvert fald.

Det var nok lidt af en dovendag i dag. Det havde faktisk også været en lidt hård aften i går. Hun var kommet alt for sent i seng. Det var også alt det med Curdt og hans kortklub. De var fire i alt

og mødtes en gang om ugen, på skift hos hver af dem.
Så sad de og spillede kort hele aftenen og den halve nat. Men først forventede de at blive forsynet med en lækker middag og bagefter at blive vartet op med kaffe og øl og stride strømme.
Det var egentlig utroligt, at hun fandt sig i det, tænkte hun. Hvorfor i alverden bliver hun ved med at stille op til det. Det irriterer hende mere og mere at de nærmest betragter det som en selvfølge. Hun måtte se at få lært Curdt selv at lave mad til sine gæster. Men hvorfor havde hun egentlig ikke for længst gjort det, spurgte hun sig selv. Men Curdt var altså nogle gange lidt tung at danse med, når det gjaldt den slags ting. Men der var grænser for, hvor længe hun ville blive ved med at finde sig i det. Nu ville hun tage tyren ved hornene og få gjort noget ved det. Det kunne ikke blive ved med at fortsætte på den måde.
Hun måtte sætte ham stolen for døren, tænkte hun og kom uvilkårligt til at smile lidt ved det gammeldags udtryk. Hun så for sit indre blik, hvordan hun lokkede ham ud i køkkenet, hvor alle de madvarer, der skulle bruges, allerede lå parat. Sammen med en opskrift på det, han skulle lave. Så skyndte hun sig ud og lukkede døren efter sig, hvorpå hun skubbede en af de gamle, tunge lænestole hen foran døren. De der

oldgamle rædsler, som han insisterede på, at de skulle beholde, fordi han havde arvet dem efter en eller gammel yndlingstante. Og så først fjerne stolen igen og lukke ham ud af køkkenet, når maden var klar. (Fortsættes i næste nr.)

Nu
vil
jeg
rive
min
vrede

som

hvid

peber

i

en

rigtig

lækker

gryderet

af

den

slags

du

elsker

mens skibene langsomt glider forbi

sidder

hun

stadig

der

på

næsten

den

samme

kælderbeværtning

og drikker

sine ølsjatter

mens skibene langsomt glider forbi

og folk undrer sig

over

at

hun

ikke

skifter

til

noget

lidt

bedre

og

dyrere

øl

som

der

også

er

meget

mere

prestige

ved

og nyder det

lidt mere

mens skibene langsomt glider forbi

og ingen ved

hvorfor

hun

fortsætter

på den måde

måned

efter

måned

mens skibene langsomt glider forbi

og de

forstår

ikke

hvorfor

hun

bliver

ved

med

at sidde

og drikke

de sjatter

aften

efter

aften

mens skibene langsomt glider forbi

nat

efter

nat

mens skibene langsomt glider forbi

lige

til

lukketid

hvor

hun

ikke

særlig

høfligt

bliver

bedt

om at gå

men måske

tænker de

måske har hun et hemmeligt våben

som hun bare ikke selv

har opdaget endnu

Kun de færreste kender Deirdre Blackstone og Ravenchurch.

Deirdre Blackstone er måske ikke en af Englands kendteste forfattere, men hun har sit trofaste publikum, det har hun helt afgjort. Hendes nyeste roman foregår i den lille engelske by Ravenchurch. Det er temmelig afsidesliggende provinsby, der ligger ude i en afkrog af landet, fjernt fra de store byer og de mest befolkede egne. Det alligevel en ret stor by af en decideret provinsby at være, og der er i hvert ingen tvivl om, at den har sin egen kultur – man kunne næsten sige sin helt egen væremåde, hvis man hører til dem, der betragter en by som en levende organisme. Men det er nu ikke altid, at de få turister og tilrejsende finder ud af det lige med det samme. De fleste ved nok slet ikke, at den overhovedet eksisterer.

Byen har fået sit navn efter den store, gamle kirke, der faktisk ligger ude i den ene ende af byen, på et lille højdedrag. Byggeriet af kirken blev begyndt allerede i slutningen af

900-tallet. Det meste af kirken er opført af store, groft tilhuggede stenblokke. Faktisk også det høje, brede tårn, som gør et lidt dystert indtryk på mange af dem, der ser det. Kirken har fået sit navn, Ravenchurch, som den altså deler med byen, efter de ravnepar, der allerede længe inden kirken var bygget færdig, tog bolig i tårnet. Lige siden har der altid været et par ravne, der har haft deres rede i toppen af det høje tårn. Faktisk lå byggeriet af kirken dengang for omkring 1000 år siden stille i længere perioder, fordi man betragtede de store, sorte fugles okkupation af hele den øverste del af tårnet som et uheldsvarslende tegn. Det tog faktisk over 100 år, før kirken endelig var bygget færdig i sin oprindelige form.

Der har flere gange i århundredernes løb været planer for at ombygge dele af kirken, eller endda tilføje et sideskib, eller blot forbedre adgangsforholdene. Men hver gang er de påbegyndte bygningsændringer blevet opgivet, fordi ravnene chikanerede håndværkerne så voldsomt, så de tog flugten, og det var umuligt at skaffe andre, der ville påtage sig arbejdet.

Værst var det, da man for omkring 150 år siden havde planer om at udskifte nogle af de århundredgamle klokker fra det oprindelige klokkespil, der efterhånden var blevet stærkt medtaget af tidens tand. Flere af dem var revnet eller havde af andre grunde mistet deres oprindelige smukke klang. Men det var alt for tæt på ravnenes domæne oppe i tårnet, så det ville de simpelthen ikke tillade. Derfor har klokkerne den dag i dag for de flestes vedkommende en lidt underlig klang, der på mange virker mere dyster og disharmonisk, end det sømmer sig for en ordentlig kirkeklokke. Det siges endda, at enkelte særligt følsomme mennesker ligefrem kan få kuldegysninger, når de hører dem.

Der går også historier om, at ravnene i tidens løb har skræmt flere præster væk fra kirken ved en aggressiv adfærd, fordi de af eller anden grund havde sat sig gale på den pågældende. I ældre tider talte man ligefrem om, at nye præster ved kirken, skulle bestå ”ravneprøven”, der gik ud på, at man i de første måneder holdt skarpt øje med, om de blev accepteret af ravnene i tårnet. Ellers blev de for deres egen – og menighedens – skyld, rådet til hurtigst muligt at søge et andet præstekald.

Det forlyder endvidere, at byens borgmester engang i starten af 1800-tallet ligefrem blev jaget ud af byen af en hel flok ravne, efter at han havde gjort sig voldsomt upopulær blandt byens indbyggere på grund af sin hårdhændede skatteopkrævning. Men det er nok blot en gammel skrøne uden bund i virkeligheden.

I de senere år har det vakt bekymring også i Ravenchurch, ligesom mange andre steder, at bestandene af store rovfugle er gået stærkt tilbage, og man har været meget opmærksom på, om ravnene i kirketårnet ville forsvinde derfra for første gang i over 1000 år, men det har der nu foreløbig ikke været det mindste tegn på.

Mange ville nok mene, at hermed har jeg fortalt det vigtigste og mest grundlæggende, der er at sige om byen Ravenchurch, men helt så enkelt forholder det sig nu alligevel ikke. Jeg føler i hvert trang til at tilføje et par ord om godset Ravenhill, hvis imponerende hovedbygning ligger i byens anden ende – altså modsat kirken – og som er egnens absolut største jordbesidder. Det store gods ejedes indtil for nylig af den 92-årige Sir William, der var den 22. jarl af Ravenhill. Men inden for ret kort tid skete der en række begivenheder, der vendte op og ned på flere af de tilvante ting, både i byen og på slottet. Efter hvad der foreløbig vides om det med nogenlunde sikkerhed, begyndte det tilsyneladende med, at jarlens mangeårige chef-kokkepige, der i flere år havde måttet affinde sig med   (forts. I næste nr.)

ARKIV

OVER DIVERSE

MANDAGE

Hvorfor er mandagene sådan? Altid lidt usikre, lidt frygtsomme. Hvad kan der ikke ske. Tænk på den gamle overtro om mandage. Man skal aldrig begynde på noget nyt på en mandag. Sådan hedder det ifølge den gamle overtro. Eller er det bare overtro? Mandagene

er tilsyneladende noget af det meste triste, grå og trummerumagtige – prototypen på en hverdag i den mest negative forstand. Men i virkeligheden er de der, hvor det hele starter. Der, hvor tingene og begivenhederne begynder, har deres udspring, bliver til, simpelthen. Ofte ganske stille og i det små, næsten i det skjulte, og ofte opdager man først et stykke tid senere, at de faktisk er begyndt. Det betyder jo så også, at mange af begyndelserne egentlig starter inden de begyndere, eller i hvert fald inden nogen lægger mærke til dem og opdager, at de er i gang. og givetvis inden man begynder at planlægge dem. Måske er det, at man begynder at planlægge dem bare et resultat af, at man på et meget subtilt, vel sagtens ubevidst niveau registrerer, at de så småt er ved at gå i gang – men uden at dette når frem til ens bevidste tanker, men blot ytrer sig som en pludselig trang til at begynde at planlægge noget i den retning.

Men hvis de opstår før planerne og inden tankerne, hvor kommer de så fra? Er det rene tilfældigheder? Jeg beder om undskyldning for at bruge denne fortærskede kliche om "rene tilfældigheder". For der findes naturligvis også snavsede eller rent ud sagt beskidte tilfældigheder. Men altså. Udspringer det hele bare af tilfældigheder? Bare sådan af sig selv? Ud af ingenting? Fra mit ubevidste? Eller fra nogle af de ting, jeg tilfældigvis kommer til at tænke på – eller bare ubevidst registrerer, ud fra et eller andet synsindtryk, eller noget, jeg hører? Som antydet ovenfor, så må jeg vel – før jeg lægger planer for noget – have en eller anden slags forkærlighed for netop noget i den stil som jeg begynder at lægge planer om. Eller jeg har måske hele tiden haft det liggende i baghovedet, at det var en nødvendighed, som jeg blev nødt til at give mig i kast med før eller senere. Eller som noget, jeg havde lyst til. Det må vel være derfor, jeg begynder at planlægge at gå hen i kiosken for at købe noget slik. Og hvor kommer så den trang fra? Fra en lille – eller noget større – sultfornemmelse eller lidt lavt blodsukker, kombineret med en viden om, at der lige i nærheden findes en kiosk, hvor man kan købe noget slik, måske?

Kort sagt – er det tankerne, der udspringer fra verden – eller er det verden, der udspringer fra tankerne? Så meget, som vi efterhånden har omformet den. Åh nej – det lyder næsten som den gamle diskussion om hønen og ægget og hvad, der kom først.

Hvor er det typisk, at det netop er på en mandag, at man kommer til at tænke på sådan noget. Og hvor kommer disse underlige tanker så fra? Er det mon noget, der bare pludselig siver op fra et sted langt nede i mit ubevidste? Fra alt det, som jeg ikke ved, at jeg alligevel godt ved et eller andet sted, som jeg bare har glemt alt om – eller som jeg måske helst foretrækker slet ikke at vide noget om? Men uha! Det er jo netop derfor jeg ikke er så vild med mandage og gerne vil have dem overstået, så vi kan komme videre. Disse mandage, kan man virkelig have tillid til dem?

Men den virkelige pointe – og jeg mener den virkelige mandagspointe – er jo nok, at det, der kun er tænkt og planlagt, som regel slet ikke har den samme styrke bag sig som det, der lige så stille er kommet listende ud af skyggen af kaos eller i hvert fald det, man slet ikke har skænket en tanke. Det omhyggeligt planlagte mangler ofte gejst, det mangler lidenskab og overbevisning. Og hvis der er noget, der mangler på de allerfleste mandage, så er det lidenskab. Hvis du absolut vil lægge planer, så lad i hvert fald være med at gøre det på en mandag.

Der var for eksempel ham der Balder fra den nordiske mytologi. Han var vist en rigtig planlægger, der kunne det hele udenad. En, der virkelig havde styr på sin kalender og sin time manager og sine mål og delmål og virkelig gjorde sig umage for at tænke positivt – i modsætning til de fleste andre guder dengang. Men han kunne bare ikke gennemføre sine projekter alligevel.

Og så skete der jo det, der skete med Balder, når han blev ved med at tænke så positivt, selv om han ikke rigtig kunne realisere ret meget af det, han havde planlagt, at så gik han hen og blev temmelig opblæst. En slags inflation, kalder de kloge det vist, altså sådan rent psykologisk. Han begynder at tro, at han har gennemtænkt og planlagt det hele så omhyggeligt, at han er blevet usårlig. Han får de andre guder med på at tro, at nu er han usårlig og at der er intet, der kan ramme ham. han tror vist nærmest, at han kan gå på vandet. Og at han kan lade de andre guder more sig med at skyde til måls efter ham, uden at der sker noget ved det, fordi han jo er usårlig.

Men så er der noget med en lille kvist af mistelten, en lille blød og uskyldig ting, som netop derfor ikke er blevet taget i ed lige som alle de andre ting, og så bliver der lavet en pil ud af en lille kvist af mistelten, og den bliver skudt af sted mod ham, og den rammer ham og fælder ham og hele læsset vælter. Og så vil mange sikkert sige: er det ikke sådan en typisk mandagsting?

Mandag er den første arbejdsdag i en ny uge, og det er der, du tager fat og begynder på nye planer for den nye uge. Men det er også ofte dagen, hvor de gamle planer mislykkes. Dem, du troede var så sikre og gennemprøvede. Eller du føler måske bare, at alt mislykkes. De gamle måder at gøre tingene på hænger bare ikke sammen længere, ikke på sådan en rigtig mandag, en blå mandag. En rigtig grå vintermandag. En tung og blygrå mandag i november, hvor skyerne hænger så lavt, at de næsten kysser fortovet, og hulrummet mellem jorden og himmel, det lille lave område, hvor man kan bevæge sig lidt, det skrumper ind og bliver så lavt, så man næsten griber sig selv i at kravle hen ad jorden for ikke at ramle hovedet ind i de mørkegrå skyer, i stedet for at gå oprejst, så kravler man afsted på alle fire, som et dyr, eller endnu lavere, man bugter sig afsted med kroppen hen ad fortovet, som en slange, der er stukket af fra paradis, som en umælende, snu og forræderisk slange, som ingen kan stole på, ikke engang en selv.

Hvorfor er mandagene sådan imod os, spurgte hun ud i luften efter et øjebliks pause. Denne fortolkning af tingene havde hun jo langt fra selv fundet på, men jeg syntes trods alt, hun havde formået at variere den i en ret kreativ retning. I hvert fald havde hun da belæsset den med nogle ekstra detaljer, sammenlignet med den traditionelle udgave, man så tit hører fra de fleste mandagsbrokkere. Det var typisk hende. Sådan noget kunne hun godt lide.

KJOLEN

Hun havde taget kjolen frem. Den kjole, han godt kunne lide. Det var ham, der havde købt den til hende. Han kunne godt lide at se hende i sådan noget. I lang tid havde hun vægret sig ved at gå med den. Hun syntes den var for vovet. For vulgær. Det havde hun naturligvis ikke sagt til ham. så ville han blive tosset. Hun havde sagt, at hun frøs i den. Eller at den skulle gemmes til en særlig lejlighed. Eller hun havde bare ladet være med at tage den på. Nogle gange kunne han være ligeglad med sådan noget i lang tid. Som om det slet ikke var noget, han gik særlig meget op i. Men i aften ville hun blive nødt til at tage den på. Nu havde han pludselig forlangt det af hende.

Hun havde ikke meget lyst til det. men hun havde besluttet sig for at gøre det alligevel. Det var ikke noget at slås for. Der var vigtigere ting. Man skulle vælge sine kampe med omhu. Så slemt var det vel heller ikke. Sammenlignet med alt det andet. Men alligevel. Det var nok fordi det var blevet lidt af et princip for hende. Det var som om hun ville overskride en grænse, når hun i aften tog den på. sådan følte hun det. En grænse, som hun hidtil havde holdt i hævd, ganske stilfærdigt, uden at tale højt om det.

En grænse, som hun nødig ville overskride, fordi hun var bange for at blive fanget på den anden side. Så hun ikke bare kunne slippe tilbage igen. Tilbage til hvad, tænkte hun. Tilbage til den tilværelse, hun kendte nu. Den, som hun efterhånden havde vænnet sig til. Og som kunne være plagsom nok, men som hun alligevel regnede med, at hun godt kunne klare, godt kunne holde ud. I lang tid fremover, hvis det skulle være. Fordi der trods alt var nogle uskrevne regler for, hvordan tingene skulle foregå. For hvad han kunne tillade sig.

Men hvad skete der, hvis hun overskred grænsen? Selvom det bare var en symbolsk grænse. Et princip. Hvordan kunne hun være sikker på, at hun kunne komme tilbage igen? At han ikke ville tage det som udtryk for, at hun så også var parat til at gå videre ud ad den vej?

Måske ville hun blive fanget derinde i det nye land på den anden side af den usynlige grænse. I en anden tilværelse, som hun ikke kendte og ikke vidste, hvordan hun skulle håndtere. Måske var det fjollet at tænke sådan. Det var jo bare en kjole, hun skulle tage på. en kjole, han havde købt til hende, fordi det var den mest vulgære, de havde i hele butikken.

Han havde valgt den med stor omhu. Hun brød sig ikke om den kjole. Og først og fremmest – det at hun skulle give efter for ham på den måde. at det ikke længere var hende, der bestemte, hvad tøj hun skulle tage på. der havde været en hård tone i hans stemme, da han sagde det til hende. En tone, hun godt kendte hos ham, en tone, der ikke tålte modsigelse.

Hun vidste, at han havde inviteret gæster til i aften. Nogle af turister, som han undertiden tjente lidt penge ved at vise rundt på øen, når han ellers gad foretage sig andet end at sidde og drikke vin sammen med de andre, som han kendte nede ved havnen. Han havde ikke sagt mere om de der turister, men de skulle først komme ved ni-tiden om aftenen, så det var i hvert fald ikke familier med børn. Hun havde mere end en anelse om, hvad det gik ud på. Hun kendte efterhånden hans tankegang. Inderst inde vidste hun godt, hvad der foregik inde i hovedet på ham, og hvad det var, der ville komme til at foregå med hende i aften.

Hun ville ikke tænke mere på det, men bare fortsætte med husarbejdet som sædvanligt. Men hun gik hele tiden i stå og glemte, hvad det var, hun var begyndt på. Hun kunne ikke koncentrere sig. Hun prøvede hele tiden at lade være med at tænke på det, at tænke på noget overhovedet. Hun prøvede virkelig.

Da det ikke længere var muligt, opdagede hun pludselig, at hun havde gjort sig ligeglad. hun var ligeglad. Det kunne være lige meget. Det var vel ikke så meget værre end alt det andet, hun havde måttet vænne sig til. Det skulle bare overstås. Og jo før, jo hellere.

Hun havde gjort sig ligeglad, og det havde ikke været nær så svært som hun troede. Først havde hun indædt kæmpet imod bare tanken om at være ligeglad. At give køb. Men så var den der lige pludselig, ligegladheden, som om den var kommet dumpende af sig selv, eller som om det var et lille bitte spring, hun havde taget. Ligesom når hun tog et skridt hen over en dørtærskel inde i huset.

'Det gjorde hun jo mange gange om dagen. Ikke andet end det. sådan føltes det. det var både skræmmende og beroligende. En boksers ro, når han omsider er færdig med at sætte sig op til en vigtig kamp. Han kan vinde, han kan tabe, han kan blive slået til plukfisk eller slippe med et par små skrammer, men han er parat til at gå i ringen og tage kampen, for han ved, at der ikke er nogen vej udenom. Selv om spillereglerne har var nogle helt, helt andre, for der var ikke tale om to jævnbyrdige modstandere, og her gjaldt det netop ikke om at slå fra sig og gøre modstand, for det ville kun gøre det hele meget værre.

Her var reglerne meget mere subtile, men hun vidste, at der var nogle spilleregler for dette her også. Nogle spilleregler, som hun måtte se at få lært, så hurtigt hun kunne. Det føltes underligt at tænke sådan om det. Det var hun ikke vant til. Måske var det en forløber for alt det der med at overtræde en grænse og begive sig ind på et nyt område.

Det var stadig kun omkring middagstid. Pludselig længtes hun efter, at det skulle blive aften. Klokken ni i aften, hvor hun skulle have kjolen på og de der turister skulle komme. For at få det overstået. Lidt ligesom en person med højdeskræk kan længes efter at styrte hen og springe ud over tårnets rækværk for endelig at få det overstået. Var hun allerede kommet så langt ud?

Havde hun allerede overskredet grænsen – inde i sig selv? Var det derfor, hun ikke længere syntes, der var andet at gøre end at fortsætte, at tage den forhadte kjole på og få det overstået. Hvad det så end var, han planlagt. Men det var nok ikke så svært at gætte. Var hun allerede blevet korrumperet. Betød det ikke længere noget særligt for hende? Ikke andet end et skuldertræk og et ”lad os nu få det overstået og komme videre”. Det, som hun havde vægret sig ved i så lang tid. Det, som hun havde svoret, at hun ikke ville. Men sådan var det åbenbart. Hun havde svært ved at komme i kontakt med den gamle modvilje, kunne ikke rigtig få fat i den. Hun gad ikke. Hun orkede ikke. Det kunne være lige meget. Det ville ikke føre til noget. Det ville bare gøre det sværere for hende. Hun følte sig træt og slap. Måske skulle hun tage sig en lille lur for at samle kræfter og blive mere frisk til aften.

Regnvejr igen. Hun så ud ad vinduet. Jo, det regnede stadig. Måske ikke helt så meget som før, men stædigt og vedholdende som det havde gjort hele dagen. Hun kedede sig. Det gik ikke, som hun håbede på. Hun var skuffet over Struensee. Han havde virket så tiltalende. Både en gentleman og et godt hug. I modsætning til den lille gnalling af en konge, som hun nok blev nødt til at finde sig i et godt stykke tid.

Men Struensee. Hun var virkelig blevet charmeret af ham. Og nu dette. Det havde hun ikke troet om ham. Alt det med hende den der luksusluder, der blev kaldt Støvlet-Cathrine, som han på kongens indtrængende bøn havde fået fundet frem til i Hamborg gennem sine tyske forbindelser og fik hentet hjem til København, som hoffet ellers har forvist hende fra. Det er en af de første aktive handlinger han gør kort efter han er kommet til

Danmark, og noget af det første som vækker hoffets modstand mod ham. I øvrigt går der rygter i byen om, at han er en liderlig buk, der er blevet betaget af de historier, han har hørt om Støvlet-Cathrine og derfor for sin egen skyld har hentet hende tilbage til København, selv om kongen selvfølgelig også var himmelhenrykt over det. hun havde virkelig haft planer med ham – altså ikke med kongen, men med Struensee. Deres første rideture sammen havde tegnet virkeligt lovende.

Men hun var blevet så skuffet over det med Støvlet-Cathrine så hun helt havde droppet at lægge an på ham. Så der bliver ikke nogen romance mellem dem, og dermed slipper han også for den skandale og forargelse, det vækker.

Og det der med maskeballet, hvor han er i Hørsholm og derfor ikke bliver arresteret, og faktisk fortsætter sin opsigtsvækkende karriere adskillige år frem i tiden, faktisk lige til kongen dør. Selv kronprinsen får han med på sine ideer i det lange løb.

Det er onsdag og han lukker hende kun modvilligt ind til noget, som ingen forstår hun gider rende efter, ikke engang hende selv, for det er helt ude i den modsatte ende af byen, men det er som om noget driver hende derud, hver gang det bliver onsdag. Hun arbejder kun fem dage om ugen i grillbaren, kun mandag – tirsdag – torsdag – fredag og så om lørdagen. Men hun har fri om onsdagen. Måske er det derfor, hun tager ud til ham, hun kender ude i den modsatte ende af byen. Måske er det bare fordi hun ellers ikke ved, hvad hun skal foretage sig på sin fridag. Måske er det fordi hun savner selskab? Men det er der nu ikke rigtig nogen, der tror på. for hun har da ellers, så vidt alle ved, flere andre gamle ekskærester rundt omkring flere forskellige steder i byen, som hun også tit besøger, også i weekenden, eller nogle gange flere af dem om onsdagen, så hun da vistnok må have næsten endnu mere travlt om onsdagen, end på de andre dage, hvor hun arbejder i grillbaren.

det er torsdag og hun gider

næsten ikke cykle ud til hans gamle hus ude ved kommunegrænsen, hvor fårene græsser og fuglene synger, og han gider næsten ikke lukke hende ind, når hun kommer hver torsdag og endda har kager med, både til ham og hans nabo, der pligtskyldigt møder op, når hun går ind ad den tilgroede havegang med de lange stikkende grene af berberis for at hente ham og han omsider får bukserne og skoene og frakken på for at gå det lille korte stykke vej for at komme ind i varmen og få kaffe og kage og andre gode sager og nyde det hele uden at sige det højt, men foretrækker at spille småsur eller gnaven, fordi han i virkeligheden ikke synes, han har fortjent det, og han alligevel skal have det hele af igen, men det er nu engang nødvendigt at holde lidt på formerne, så meget har han forstået, og da især, når der er damer tilstede, og det gør han da også, men kun om torsdagen

hun gider næsten ikke gøre sig umage med noget af det og alligevel gør hun det, uge efter uge. Men hun skylder ham penge, og han skylder sin nabo penge.

(Seriel monogami, forsøg nr. 3)

Det er fredag morgen, før solen står op, det er halvmørkt endnu, og man har ikke sovet ordentligt, men man står op alligevel, fordi man ikke kan finde på andet, og så må det jo gå, som det vil.

Det er fredag morgen, og det er øsende regnvejr, så man tager bussen til arbejde, og så må det jo gå som det vil. Eller også skinner solen fra en klar blå himmel, så man cykler ned gennem hovedgaden, hvor der bor en, man engang kendte rigtig godt, og så må det jo gå som det vil.

Det er fredag, det er frokost uden falbelader, og næsten uden kaloriebomber, men med ret meget og ret munter snak med den nye kollega, og så må det jo gå som det vil.

Det er fredag eftermiddag, der er travlt for at nå det hele inden weekenden, og i stedet for at blive sur smiler man lidt for meget til alle og enhver, og så må det jo gå som det vil.

Det er fredag aften, der skal danses, og så må det gå som det vil.

Der er to, der er gået med hinanden hjem uden at vide ret meget om hinanden andet end det mest banale, og så må det jo gå som det vil.